豊《ゆたか》さんと ヒヨドリ次郎の 物語

宮島 孝男 著／桝満 健作 絵

南方新社

挿画　桝満健作

まえがき

読者のみなさん、はじめまして。

この本は、全て本当にあったお話です。「豊《ゆたか》さんとヒヨドリ次郎の物語」「マイケルの物語」「チロの物語」には、豊さんと動物たちとの愛情《あいじょう》あふれる、かけがえのない交流が描かれています。心温《こころあたた》まる、そしてちょっぴり切ない物語です。

中でも「豊さんとヒヨドリ次郎の物語」は、心の病にかかった老人（豊さん）が鳥や虫たちと交信し合うという、誠に神秘的《しんぴてき》で不思議なお話です。

長い闘病生活《とうびょうせいかつ》で多くを失い絶望感《ぜつぼうかん》に襲《おそ》われた豊さんは、いつの間にか鳥や虫、動物たちと同じ目線で暮らせるようになります。

鳥や虫、動物たちは、豊さんと話を交わしてくれる貴重な存在であり、豊さんの気持ちの理解者《りかいしゃ》であり、豊さんにつねに寄り添う同伴者《どうはんしゃ》といえるでしょう。また豊さんの長所は、まっすぐな気持ちとやさしさ。善良《ぜんりょう》で純粋《じゅんすい》な心の持ち主ゆえに生き物たちと交流ができるのではないかと思います。

豊さんの生き物とのふれ合いを描いた連作《れんさく》となっていますが、どの作品から読んでもらってもかまいません。

「ジョニーといた日々」は、三十年近く前のジョニーと宮島ファミリーとの出会い、ふれ合いを綴《つづ》った物語です。こちらも実話がベース。ジョニーは、日本人以上に日本人です。日本人が忘れそうな、失いつつあること、ものを私たちに気づかせてくれます。また、孝男《たかお》お父さんの子どものころの思い出話は、古き良き昭和へのノスタルジー（郷愁《きょうしゅう》）を誘うことでしょう。

「自分のことが少しでも同病者《どうびょうしゃ》や子どもたち、社会のために役立つなら」と豊さん。

この本は、現代を生きる子どもたちへの、私たちからのメッセージでもあります。大人のみなさんにもぜひ読んでいただけたらと思います。

豊《ゆたか》さんとヒヨドリ次郎の物語――もくじ

第一部　豊《ゆたか》さんのお話

豊《ゆたか》さんとヒヨドリ次郎の物語

その年一番の寒さとなった令和三年、十二月二十五日のことでした。孝男《たかお》さんは、豊《ゆたか》さんと行きつけの食堂でクリスマスを楽しんでいました。

孝男さんのお友だちの豊さんは、心の病気になり、二年くらい入院生活を送っていました。でも、この秋めでたく退院し、今は薬もいらなくなり、とてもうれしそうでした。

「太平洋戦争《たいへいようせんそう》が始まる前のこと。海軍兵学校《かいぐんへいがっこう》のエリートだった伯父《おじ》は、英字新聞を読んでいて、あまりの国力の差《さ》に日本は負けると確信《かくしん》し、戦争反対を主張《しゅちょう》しました。そのため数年間、牢獄《ろうごく》に入れられるはめになりました」

これは、入院中の豊さんが、孝男さんが書いた本『海軍兵と

戦争―戦争と人間を語る―』を読んで送ってくれた感想《かんそう》の一部です。
孝男さんと豊さんは、入院以前はたまに顔を合わす程度《ていど》の仲でしたが、このクリスマス以来ぐっと親しくなったのでした。

ここで、どうして豊さんが心の病気になってしまったのか、お話ししましょう。
豊さんのお父さんは、お墓などを造《つく》る石工《いしく》でしたが、作業中に石が倒れてきてすねが曲がってしまいました。島津家おかかえの漢方《かんぽう》医者《いしゃ》にかかり、元どおりになるとお父さんは半年間そのお医者さんから施術《せじゅつ》を習いました。やっかいなむち打ち症やお年寄りの腰痛など見事に治してしまうお父さんを見て、豊さんは医者になろうと決意し、医学部を目指します。ところが、高校三年生になっても成績はふるわず、一番下のクラスで焦《あせ》りもあり、必死で受験勉強に励《はげ》むうち、ついに一睡《いっすい》もできなくなり不眠症《ふみんしょう》になってしまったのです。十カ月の間ほとんど眠れず、生きているのが不思議だと思うことが何度もありました。

とうとう豊さんは、医学部を目指すことが困難になり、はかなくも医者になる夢は消えてしまいました。

「こうなっては仕方がないから、指圧師《しあつし》になるのはどうだ」

豊さんのお父さんは、希望をなくし、肩を落としている豊さんにすすめました。

豊さんは、体調はすぐれませんでしたが、頑張って指圧師の試験を受け、見事、免許を取りました。喜んだ豊さんは、指圧師の仕事に一生懸命打ち込みました。ところが、そんな豊さんを再び不眠症の病が襲ったのです。なんと豊さんは、はりきり過ぎて二十二日間ほぼ一睡もせず一日十時間、仕事をし続けてしまったのでした。

体格のよい患者さんや、固太《かたぶと》りの患者さんには強く押さないと効き目がないため、豊さんの爪は横に割れてしまい、今にも出血しそうになることもありました。

その後、不眠症はいろいろな心の病をひき起こし、豊さんは入退院をくり返すことになります。入院生活は計十四回、約十六年になりました。長い闘病《とうびょう》生活の末、最近ようやく薬も飲まず六時間眠れるようになったのです。

子ども好きな豊さんでしたが、病気のため結婚しなかったので子どもはいません。その代わり、どんな生き物でも自分の子どものようにかわいがりました。

さて、話を元に戻しましょう。

「こんなことがあったんだよ」

二人で飲んでいたお酒が残り少なくなったころ、ほんのり頬《ほお》を赤く染《そ》めた豊さんが、しみじみと語り始めました。それは、心の病にかかった豊さんとヒヨドリたちの本当にあった心温《こころあたた》まる、そしてちょっぴり切ない物語でした。

ある日、豊さんが病院の中庭で新聞を読んでいると、一羽の鳥が病院の窓にドーンとぶつかり、中庭に落ちるのが見えました。豊さんがその鳥に近寄り、そっと右手で持ち上げ左のひとさし指に乗せると、鳥は豊

さんの指を逆にギュッとにぎり返してくるではありませんか。まるで、「生きてるよ」というサインのようでした。ぶつかった衝撃《しょうげき》で口は開きっぱなしでしたが、豊さんが、親指と人さし指で鳥のくちばしをギュッと挟むと閉じて元どおりになりました。

「死に水なんかじゃないよ」

豊さんが水をやろうとすると、鳥はピョンピョンはねて五メートルほど先に飛んで行き、豊さんをふり返りじっと見つめました。結局、水は飲まず、三回ピョンピョンはねて止まり、しばらくすると飛び去っていきました。

不思議《ふしぎ》なことに、その鳥が病院の窓にぶつかってからしばらくの間、数百羽ものいろい

ろな鳥の群れが病院の上空で目撃されたのです。

「なんと鶴《つる》も一、二羽まじっていたよ」

豊さんが言いました。

「鳥たちの間でうわさがうわさを呼び、『あそこはとても危険だ。絶対に近づいてはいけないぞ』とあちこちから視察にやって来たのだろう」

孝男さんは思いました。

それから、その鳥は毎日のように豊さんの病院へやってくるようになりました。頭と背中が青色、胸が紅色《べにいろ》で「ピーピーピー、ピチャピチャ」と美しい声で鳴きます。知り合いがその鳥はヒヨドリだと教えてくれました。豊

さんは、そのヒヨドリに次郎と名づけました。次郎の名前がとっさにでたのです。以前飼っていた子猫の次郎のことが頭から離れなかったのかも知れません。

退院後、豊さんが県立図書館で調べたところ、正確にはイソヒヨドリだとわかりました。解説に「よく通る声でさえずり、人懐《ひとなつ》っこく幸せを運ぶ鳥」とありましたが、まさに次郎はそんな鳥だったのです。

次郎は新潟産の五穀ビスケットが大好きでした。豊さんが次郎に一枚投げてやると、とってもおいしそうについばみます。他の鳥が食べさせてと近寄ってくると、おっぱらってひとりじめしようとします。

「次郎はよくばりだな。弱いものにも食べさせてやりなさい」

豊さんが言い聞かせても次郎は知らん顔。少しもゆずりません。いつも食べ過ぎて、お腹はパーンとふくらんでいました。

そのうち「ありがとう」なのか「ごめんなさい」なのか、おじぎのようなダンスをするようになりました。困ったやつですが、とぼけたそんな次郎を見ていると、豊さんの心はなごむのでした。

投げたビスケットが一度、コンクリートに当たって二つに割れ、一つのかけらが地面に立ったことがありました。

「次郎、奇跡だ。これは最高にうまいぞ」

豊さんは大喜びで叫びましたが、次郎は自分のお墓？と不吉な予感がしたのか、すぐさまくわえると上空へ飛び去ったそうです。

その後、豊さんの経過はよく、鉄格子《てつごうし》のある閉鎖病棟《へいさびょうとう》から、外出もできるなど割と自由のきく開放病棟《かいほうびょうとう》に移りました。窓から次郎を見つけて「次郎！」と声をかけると、次郎は一直線に豊さんに寄ってきました。本当にかわいい次郎です。

ある日、豊さんは歯の治療のため外泊《がいはく》許可《きょか》をもらい、自宅に帰りました。玄関《げんかん》を開けた途端、一羽の鳥が家の中にスーッと入って来ました。なんと次郎ではありませんか。

豊さんの後をつけてきたのです。次郎はベッドの片隅《かたすみ》に大きな糞《ふん》を落とすと、すぐに帰っていきました。

「失礼なやつだな。糞をしてそそくさと立ち去るとは」

豊さんは、次郎の行動に首をかしげました。

「それからね。ヤモリも家の壁にはってい

たよ。ぼくの入院中、その名のとおり家を守ってくれてたんだな。だじゃれじゃないよ」

豊さんはにこにこしながらつけ加えました。

十数日間を自宅で過ごし、その後病院に戻ると、次郎がまたピーピー、ピチャピチャと鳴いていました。朝五時半には起こしに来るのです。

「あれから、窓にぶつかった鳥は全滅だったよ」

豊さんは同部屋の人から聞きました。

「危険なところと知らなかったのだな。まさか次郎の子どもたちではなかろうな」

次郎は二回ほど、お嫁さんらしきヒヨドリを連れてきたことがありました。

豊さんは不安になりました。

一方、うれしい知らせも入ってきました。令和《れいわ》の大勾玉《おおまがたま》（古代、日本で装身具《そうしんぐ》などに使った、C字形などにまがった大きな玉）が抽選で当たったのです。黒部《くろべ》ダムの地下百メートルから掘り出したひすいでできています。十キロで三十万円もする、とて

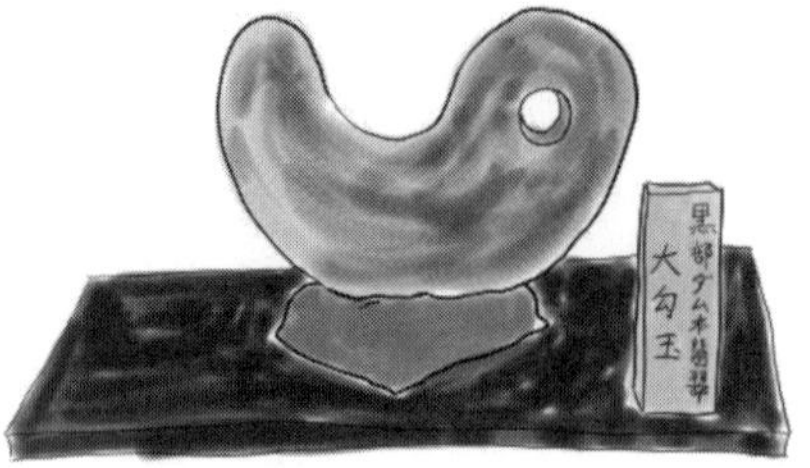

も豪華《ごうか》な品です。

「まさか、本当かな」

全国で五人しか当たらないだけに、豊さんの喜びは半端《はんぱ》ではありませんでした。

　豊さんは、新しく令和の世になるのを機に病気が良くなるよう強い願いをこめて、抽選に応募したのです。黒部ダムのひすいというのも気に入りました。大ファンの石原裕次郎《いしはらゆうじろう》が主演したのが黒部ダムを舞台にした映画「黒部の太陽」だったからです。これまでせっせと貯《た》めた三十万円でしたが、全然惜《お》しくありませんでした。高齢者がだまされる事件もあることから、念のため応募先についてもよく調べていました。そんな時です。

「大勾玉の購入《こうにゅう》はあきらめて下さい」

　喜びも束《つか》の間《ま》、応募先から予想外の心ない電話がかかってきたのです。豊さんが心の病で入院しているからでしょうか。三十万円を支払えないと思ったのでしょうか。

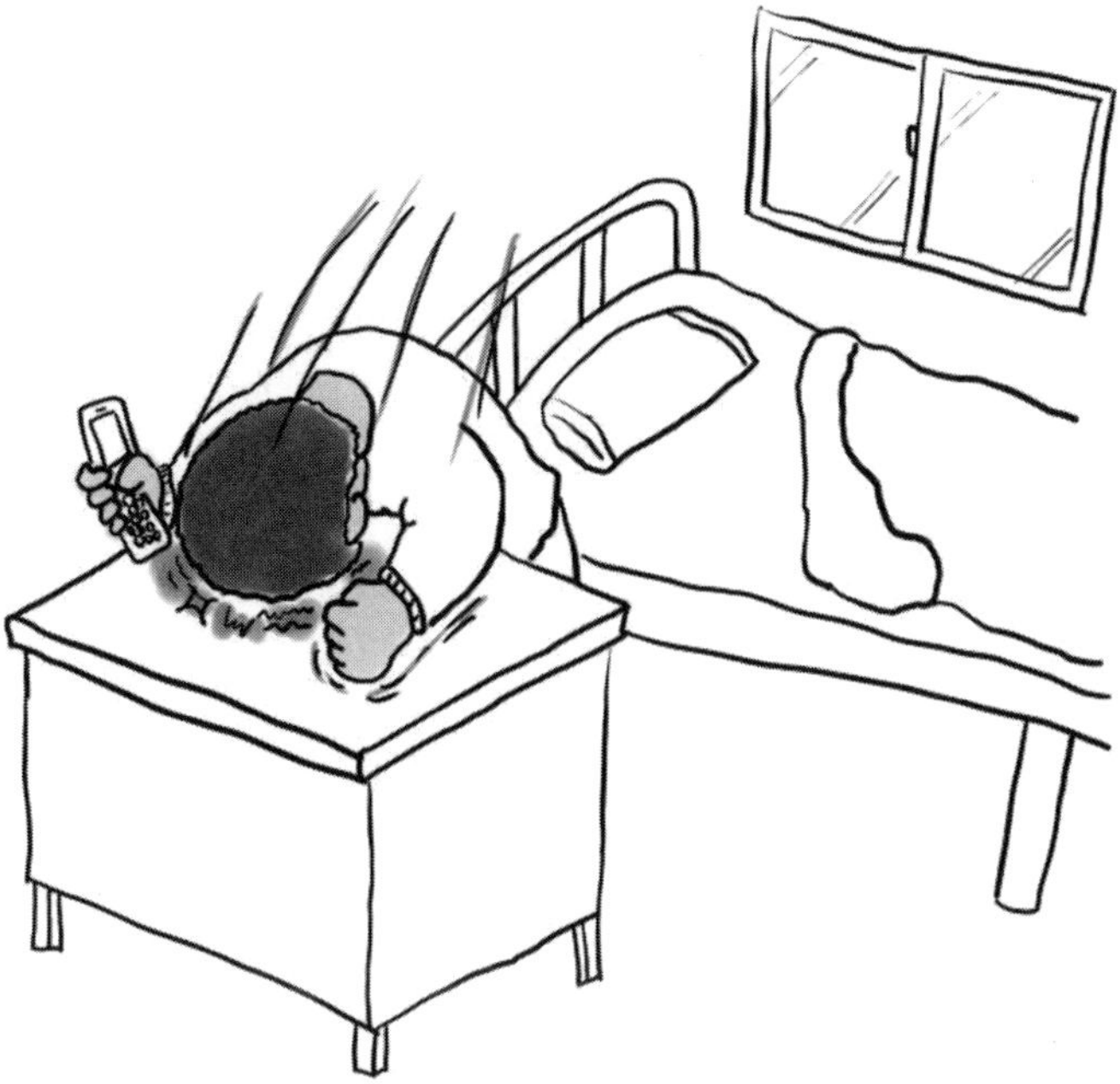

「話が違うじゃないですか。抽選で当たったんだから売るのは当然でしょう！」

豊さんは動揺してしまい、思わず机に頭を激しくぶつけてしまいました。ガーンと音がして大切なメガネは壊《こわ》れ、額《ひたい》からは血が出ていました。

「あばれたんじゃないですよ」

あやうく元の閉鎖病棟に移されそうになりましたが、三人の看護師《かんごし》がうまく取りなしてくれて幸《さいわ》い収容《しゅうよう》されずにすみました。

豊さんは落ち着きを取り戻し、その晩いろいろなことを考えました。そしてハッと気がついたのです。大勾玉が当たったのは次郎がベッドに大きな糞（うんち）をしたからだ。運（うん）がついたのだ。これはきっと次郎の恩返しだぞ、と。もともとだじゃれが好きでユーモアのある豊さんですが、この時ばかりは真剣《しんけん》にそう信じたのでした。

少し時間がかかりましたが、応募先も納得してくれて念願《ねんがん》の大勾玉は手に入りました。

ある日、ビスケットを半分に割りヒヨドリ次郎とトンビに投げてやると、よくばりのヒヨドリ次郎がトンビの分まで取ろうとしたことがありました。

「だめだ。そこに置いておけ」

豊さんが叱《しか》ると、言うことをきいておとなしく自分の分だけ食べました。それでもトンビは警戒《けいかい》して自分の分をそっと足でつかまえると、近くの学校の屋上まで運んで行って食べていました。

こんな二羽でしたが、その後はとても仲良しになり一緒にビスケットを食べるようになりました。

「朝だよ。早くおいでよ！」
ヒヨドリ次郎は朝が来るとトンビが待ち遠しく、大きな声で鳴いて呼びかけるのでした。

それからまもなく、次郎はいなくなりました。命がけで大きな糞をし、小さな命を縮《ちぢ》めてしまったのでしょうか。
三度目の秋が来て退院した日のこと、次郎が糞をした同じ場所に、天井から一匹のカマキリが落ちてきました。次郎の生まれ変わりかもしれない。退院のお祝いに来てくれたのだろうか。豊さんは昨夜の残りの卵のスープをカマキリと一緒に飲み、卵の

白身も箸先《はしさき》にのせてカマキリに食べさせました。うれしそうに豊さんをじっと見ていたカマキリでしたが、それっきり現れなくなりました。

その後、豊さんは次郎からの贈り物である大勾玉を眺めては、次郎との懐かしい日々を思い出すのでした。

入院していたころ、次郎のいない寂しい日々を明るくしてくれたのはトンビでした。トンビは指笛《ゆびぶえ》を吹くと、いつのまにか病院の上空を旋回《せんかい》しています。トンビも次郎と同じで、新潟産のビスケットが大好きでした。豊さんは、よく病院の屋上の洗濯物《せんたくもの》干し場で食べさせていました。時には指をぐるぐるまわすサインをしながらビスケットを空に向かって投げてやると、スーッと降りてきます。初めは失敗《しっぱい》していましたが、だんだん取れるようになって、それは見事なものでした。トンビは、やがて子どものトンビも連れてくるようになりました。

こんなこともありました。ある日、豊さんがトンビ親子ばかりにエサをやるのをねたんで、カラスが近づいてきました。トンビが「ワッ」と威嚇《いかく》し飛びかかると、二羽はもみあいながら落下していきます。

何度もくり返すうち、大人のトンビにはとてもかなわないと思ったのでしょう。カラスはトンビの子どもをいじめ、毛をむしるようになりました。かわいそうにと、豊さんが子トンビによけいにビスケットをあげると、いじめはますます激しくなるばかり。二、三羽でいじめるようにもなりました。ついに子トンビの右の羽は大きな三角形状にむしり取られてあわれな姿となりました。それ以来、トンビ親子が黒色のビスケットを食べることは決してありませんでした。

豊さんが自宅に帰った時、トンビが上空を旋回していました。ヒヨドリ次郎と同じく、やはり後をつけてきたのです。今は週二回、病院のデイケアに行く時に屋根の上から見おろしています。声をかけると、首を動かし「ピーヒョロロ」と鳴いて見送ってくれます。

見送るだけではありません。豊さんは、あまりお金を持っていませんが、デパートによく立ち寄ります。すると、トンビは追っかけてきてデパート付近を飛び回っています。ちなみに豊さんによると、トンビは自分の羽は動かさず空気の流れに乗り、尾で舵《かじ》を取るのだとか。だからかタカやワシよりも高く飛べるのだそうです。

途中で高いビルの屋根の上から「ピーヒョロロ」とうれしそうに鳴き、ジイッとデパートに向かう豊さんを見ていたこともありました。

トンビは、豊さんの黄色い帽子と黄色いセーターを目印にしているようなのです。豊さんは、憧《あこが》れの高倉健《たかくらけん》が主演した映画「幸福の黄色いハンカチ」が好きで、幸福の黄色にあやかりたいと思っていました。友だちの洋服店が閉店セールをしたときに、どちらも百円で買ったものです。豊さんの話では、昆虫も黄色には寄ってくるのだとか。

「なぜ、鳥や昆虫と交信やふれ合いができるのですか」

孝男さんは、こんな豊さんが不思議でたまらず尋ねてみました。

「二十二日間ほぼ一睡もせず、一日十時間、指圧をし続けとてもきつかったときに、エジプトのピラミッド、パリのエッフェル塔、ニューヨークの自由の女神などを眺

めながら、地球の上空をすいすい飛んでいる夢を見たんだ。夢はとても心地よく、何でもできるような気がして、『神様、超能力《ちょうのうりょく》を下さい』と叫んでいた。それから患者さんに指圧をしていてきつくなると『超能力を！』と心の中で唱える。すると、超能力のことばが伝わるのか、何かを感じたのか、五、六人の患者さんが驚いてふり向くんだ。ぼくは何もなかったように、優しくほほえんでいたけどね」

豊さんは教えてくれました。

しかも、患者さんたちは来たばかりで、指圧をしてもらったわけでもないのに、豊さんが念《ねん》じると痛みが取れたような気持ちになっていました。この時、豊さんは、自分に少しばかり超能力がついたのを確信したのだそうです。

「心の病をしたからだろう。ぼくは鳥や昆虫の気持ちがわかるよ。心が通じるんだ。長年病気に苦しんできたけど、自分の人生はこれでよかったと思っている。鳥や昆虫が、こんな自分を見ていて寄って来る。ゴキブリやハエまでも。なぜか次々と仲間になれるんだよ。遠回りしたけど今こうして生きている、いや、生かされ

ている。今を穏《おだ》やかに人間らしく生きている自分が好きだ」

続けて、豊さんはつぶやきました。

孝男さんは、豊さんの話を聞いて胸が熱くなりました。

「窓にぶつかったヒヨドリ次郎との最初の出会いを絵に描《か》いたんだ。その絵が市立美術館に展示してある。よかったらこれから見に行かないか」

豊さんが、孝男さんを誘いました。

絵の得意な豊さんが絵を描き始めたのは四歳の時、ゼロ戦とB29との戦いを描いて幼稚園の先生にほめられたのがきっかけでした。

ふたりが食堂を出ると、トンビが近くの「加治屋まちの杜《もり》公園」の上空を高々と舞っていました。ふたりは大きく手を振りました。風は冷たかったけれど、心と体はあたたかかったので美術館まで歩いて行きました。美術館に着くと上空にはトンビの姿が見えます。先回りして待っていたのです。

展示室《てんじしつ》に入ると、「病気に悩む仲間たちの心の世界を、より多くの人たちに知っていただくための『第23回こころで描く絵画展《かいがてん》』」の案内がありました。孝男さんは、豊さんの絵を見て、豊さんの話を思い出し、再び胸が熱くなりました。

こうして豊さんとの一日が終わりました。

孝男さんにとって、その日の出来事は素敵《すてき》なクリスマスプレゼントのようでした。

マイケルの物語

豊《ゆたか》さんが四十代のころのお話です。

お父さんの死後《しご》、一緒《いっしょ》に住んでいたお母さんも亡くなり、広い家に一人になりました。お姉さんが、一人では寂《さび》しいだろうと鹿児島大学《かごしまだいがく》で飼われていた猫をもらってきました。豊さんが三回目にマイケルと呼んだところ振り向いたので、名前はマイケルになったそうです。

グレーに黒色の縦縞《たてじま》で足も胴も長い三歳ぐらいのオス猫でした。左腹に黒い大きな目玉模様が目立っていました。アメリカンショートヘアーという、その昔ジャングルに住んでいたとされる山猫の子孫《しそん》です。

早速、マイケルは家の中をうろうろ探検《たんけん》し始めました。

マイケルは一人でいるのを好みました。寝るときも一人で、豊さんとは離れて寝ま

す。のんびりしているようですが、中学校で花火が上がった夏の夕方、開けていた東側の窓の方でドーンと音がしたときには、怯《おび》えたように西側へ一目散《いちもくさん》に逃げていきました。あまりの音の大きさにびっくりしたのでしょう。

いつもはおとなしいのですが、怒ると歯向かってくることもありました。豊さんが何げなくこぶしを握ったとき、豊さんの手にかみついてきたのです。豊さんは、マイケルを叱《しか》りつけました。おそらく大学の学生か誰かに、こぶしで殴《なぐ》られたことがあったのでしょう。

マイケルはヒラメのカンヅメを一番好ん

で食べました。キビナゴとタレクチ（カタクチイワシ）も好きで十匹ぐらいは平気で食べてしまいます。スーパーで二パック買ってきて刺身《さしみ》にしようと台所に立っていると、「ちょうだい」と言って右太ももに両手でおねだりをします。
「向こうで待っていなさい。おりこうさんにしていたら、食べにおいで、と言うから」
豊さんが諭《さと》すと、三メートルほど離れて待っていました。そして、だいたい十匹あげるとマイケルは落ち着くのでした。朝昼晩と食事を多めに与えていたら、マイケルは二年で十三キロにもなりました。

正月にマイケルにウニを食べさせたところ、これも大好物になりました。一カ月ぐらい食べさせたある朝のこと、新聞紙をパリパリ爪で引っかくような音が聞こえてきます。豊さんが気になってマイケルのトイレを見に行くと、便もおしっこもした形跡《けいせき》がありません。マイケルはしきりに新聞紙を爪で引っかいていました。便が出ず、苦しくなって何かしないではいられなかったのでしょう。

　豊さんは、仕事を休んでマイケルを犬猫病院に連れて行きました。

「何を食べさせましたか？」

獣医《じゅうい》さんが聞きます。

「ウニを何日も食べさせました」

豊さんが答えます。

「えっウニ！　ウニはいけません。便が出なくなるのですよ」

獣医さんは五千円もする注射《ちゅうしゃ》を打ちました。翌日も行って注射をしたらようやく便が出るようになりました。ウニの油が肛門《こうもん》にへばりついて、お尻の穴をふさいでしまうらしいのです。

夏がきて、マイケルをお風呂に入れ石鹸《せっけん》で洗ってやっていたときのこと、お湯をよくかけなかったからか、毛が固まってしまったのです。そこでまた犬猫病院へタクシーで連れて行きました。麻酔注射《ますいちゅうしゃ》とカット料で一万八千円もかかりました。固まった毛を刈《か》ったマイケルは、羽根を抜かれた鳥のようにぶかっこうでかわいそうでもあり、滑稽《こっけい》でもありました。
帰宅し豊さんが、また何げなくこぶしを握って立っている

と、マイケルがこぶしを目がけてかみついてきました。

「こんな目にあわせてごめんね」

豊さんは、今度はマイケルを怒らずハグして謝《あやま》りました。そして落ち着きを取り戻したマイケルに一番好きなヒラメのカンヅメをたくさん食べさせてあげました。

マイケルは完全な家猫でした。首輪《くびわ》とヒモを買い、外に散歩に行こうと誘うと、近くを車が通るだけでびっくりして逃げようとします。そうすると、首輪から抜けてしまうのです。散歩にもどこにもマイケルを連れて行けませんでした。

二年目の春の日曜日の朝のこと、豊さんが二階で窓を開けて新聞を読んでいると、マイケルが窓から下をのぞいていました。しかも前脚《まえあし》を乗り出して。一階と二階の高低差は四メートル以上もあります。豊さんは、まさか飛び降りることはないだろうと思い、そのまま新聞に集中していました。すると突然ドサッと大きな音がしたのです。

「マイケルー！　マイケルー！」

豊さんは、マイケルが落ちて死んでしまったのではないかと必死に何度も叫びました。

不安に駆《か》られて豊さんが窓から下を見ると、マイケルは何事もなかったかのように悠然《ゆうぜん》と庭の草のにおいを嗅《か》いでいました。

「マイケルは春なので外に出たかったのだろう。飛び降りる自信もあったに違いない。なにしろアメリカンショートヘアーのマイケルの先祖は、山猫だったのだから」

豊さんは心から安堵《あんど》しつつ、そう思ったのでした。

その二、三日後の朝、豊さんが指圧の仕事に行くため階段を降りてくると、庭でグレーの子猫が泣いていました。マイケ

ルが家に来てから二年余りが経っていました。豊さんが近寄ると逃げていきます。誰かが、または母猫が、豊さんの家に置き去りにしたのでしょう。豊さんは、マイケルのカンヅメを少し取ってきて階段の下に置いて出かけました。昼食を食べに帰宅すると、カンヅメの中身はなくなっていました。豊さんは、お昼と夕食もあげましたが、きれいに平らげていました。お腹がすいていたのでしょう。次の日見かけたときには、子猫はスズメを捕まえて食べずに遊んでいました。

それからまた二、三日して、豊さんが仕事から帰り二階に上がると、小さな黒い生き物が畳の上を猛スピードで横切っていきました。びっくりして目を凝《こ》らして見るとあの子猫です。二階の室外機《しつがいき》から二階にあるクーラーに続くホースに爪をひっかけて上がってきたのでしょうか。入り猫は家に幸運をたらすといいます。豊さんは、この子猫を飼うことに決めました。

豊さんは翌日、大きなマイケルが小さな子猫をかみ殺してしまわないかと心配しながら一階へ下りました。子猫はマイケルの気配がすると、初めはとても怖《こわ》がって全速

力で逃げ回っていましたから。それなのに豊さんが仕事を済《す》ませて夜八時ごろ二階へ上がると、なんと二匹が並んで座っていたのです。
去勢《きょせい》されたマイケルは、メス猫のようなやさしい声を出します。マイケルを母親と思ったのでしょう。子猫は甘えてマイケルにじゃれついています。もうトイレの仕方まで子猫に教えていました。猫のおしっこは臭《くさ》いので、砂をかぶせるのです。
豊さんは子猫の名前を「次郎」とつけました。晩年《ばんねん》入院中に出会ったヒヨドリも次郎でしたが、なぜか豊さんは次郎の名前が好きらしいのです。後で子猫がメスとわかったときにはすでに遅し、豊さんは次郎という男の名前をつけてかわいそうなことをしたなとちょっぴり後悔《こうかい》しました。

「父ちゃん（豊さん）のことは、私が面倒《めんどう》をみるよ。私に任《まか》せてほしい。マイケルは寝てていいよ」

次郎が家に来てしばらく経《た》った夜のこと、次郎が言っているのを豊さんは聞いたような気がしました。

数日が経った昼休みのこと、豊さんが昼食を済ませて新聞を読んでいると、水が出て洗濯機《せんたっき》の回る音がします。見ると次郎が洗濯機の上に乗り、足でスイッチを押していました。「コラァー」と叱ると今度はスイッチを切り、洗濯機は止まりました。次郎は豊さんが洗濯をするのを見て学んでいたのです。

次郎が少し大きくなったある日、二階から一階のひさしに飛び降りますが、なかなか二階へ上がれません。豊さんは梯子《はしご》を持ち出して次郎をひさしから二階へ上げました。次の日は、自分も一階のひさしに飛び降りて次郎を抱きかかえ二階へ入れました。これを見ていたマイケルが次郎にジャンプのけいこを何度もつけてやり、だんだんバネがついてきて、二週間後には自力で二階へ上がれるようになりました。

豊さんは、日曜日には気分転換にパチンコに出かけていました。調子がよいとつい遅くなり、街《まち》から歩くので帰宅が夜の十一時になることもありました。

「父ちゃんは俺が言ったように遅くなってもちゃんと帰ってくるだろう。ほら、にゃあ」
豊さんが玄関に近づくと、次郎に諭すマイケルの声が聞こえてきました。

もらわれてきた時、先祖が山猫であるマイケルは二階を隅々まで探検しましたが、次郎は仏壇《ぶつだん》の屋根から鴨居《かもい》を一周するというへんてこな猫でした。

マイケルも次郎もきちんと座ってテレビを観《み》ていました。

マイケルはライオン、トラ、チーターなどが獲物《えもの》を捕《と》るシーンが、次郎は人間のメロドラマが好きでした。

寝る時は、マイケルはざぶとんの上でしたが、次郎は豊さんの蒲団《ふとん》の上で寝ていました。

いよいよマイケルと次郎の物語も終わりに近づいてきました。

豊さんが入院することになったのです。もう、マイケルと次郎の面倒《めんどう》を見ることはできません。

マイケルは、もともと鹿児島大学で飼われていた猫で、お姉さんがもらってきました。またお姉さんの縁《えん》で鹿児島大学医学部の先生にもらわれていきました。マイケルと豊さんのおつきあいはおよそ四年で終わったのです。

「私は鼻が高いんですよ」

ひと月ほどが過ぎたある日、マイケルをもらった大学の先生がお姉さんに言いました。

「なぜですか」

お姉さんが聞きました。

「お客さんが来るとお出迎えをし、帰りにはお見送りをします。誠にしつけの良い賢《かしこ》い猫です。いったい誰が飼っていたのですか」

先生は尋《たず》ねました。

「私の弟です」

それこそお姉さんは、鼻高々に先生に教えたのでした。


さて次郎はどうなったのでしょう。豊さんは涙を呑んで次郎を家から追い払いました。

「家に入れて！　部屋に入れて！」

次郎は追い払っても追い払っても、帰ってきてはニャンニャン鳴き続けました。

それでも豊さんは心を鬼にして絶対入れませんでした。

「どこかで、どうか幸せになってほしい」

豊さんは、ひたすら祈るばかりでした。

こうして次郎とのつきあいはおよそ二年で終わりました。そして豊さんは入院していきました。

しばらく経ったある日、豊さんが病院の炊事場《すいじば》の外側を通りかかったとき、一匹のグレーの猫がエサをもらって食べていました。驚くなかれ、それはあの次郎だったのです。

チロの物語

チロは、動物が人間と心を通わせることを豊《ゆたか》さんにはじめて教えてくれた犬でした。一九五七（昭和三十二）年、豊さんが小学三年生の師走《しわす》のことです。叔父《おじ》さん（お父さんの弟）が街《まち》から豊さんの坂元の家まで急ぎ足で歩いていると、ノロノロと生れたばかりの子犬が後をつけてきます。

「シイシイ、帰れ帰れ！」

叔父さんが何度言ってもずーっとつけてくるのです。五十メートルほど離《はな》れてもやはりつけてきます。

「困ったな。でもこれは何かの縁《えん》かも知れないぞ」

叔父さんは思い直し、子犬を洋服の胸の内に抱きかかえて、豊さんの家まで連れて行きました。

「豊、犬を飼うか？」

見ると体長が二十センチぐらいの薄茶色《うすちゃいろ》の赤ちゃん子犬です。

「うん、飼う」

豊さんは即座《そくざ》に返事をしました。叔父さんは豊さんが犬好きなことを知っていたのです。叔父さんはカメラが趣味《しゅみ》で、豊さんが三歳のころ、犬を抱いている写真も撮っていました。

小さくてチョロチョロする子犬に、豊さんは迷わずチロと名づけました。チロは足が少し短く胴が長い、変わった姿をしていました。毛並みは茶がかった黄色で、腹だけが白っぽくなっていました。後になって、犬に詳しい人から、もともとドイツの穴熊《あなぐま》などを獲《と》る狩猟犬だと教わりました。頭がよく、力も強いので、ドイツでは猟師《りょうし》に頼りにされていたようです。豊さんは、チロは賢《かしこ》い犬だから新しい世の中が見たくて勝手に家出をしたのだろうと思いました。

豊さんは毎朝どこかへ出かけます。つまり四キロ離れた小学校に歩いて行くわけですが、半年後、チロは豊さんがどこへ行くのか不思議に思い、ついてくるようになりました。

「来るな！」

豊さんが農道の石を当たらないように五回投げると、チロは道ばたに座り込みました。

学校からの帰り、豊さんがチロと別れた地点にさしかかったそのときです。チロがシッポを振り振り豊さんのもとへ一直線に走ってくるではありませんか。なんとチロは五時間も座り続けて豊さんを待っていたのです。豊さんは本当に賢い犬だなと感心し、帰りつくとごほうびに魚をいっぱい食べさせました。

チロには人間とほぼ同じ食事を与えていました。少し大きくなったチロに、豊さんはけんかの仕方を教えることにしました。チロの前に立ち、十分ずつ三回、歯をむき出しにして「ファンガ　ファンガ！」と吠えて向かっていきます。チロも同じ動作をくり返します。こうして、チロはたくましさも身につけていきました。

四年生になった豊さんは、狂犬病《きょうけんびょう》の注射《ちゅうしゃ》をしにチロを会場の小学校に連れて行きました。

「犬を乗せていいですか」

バスの女の車掌《しゃしょう》さんに尋《たず》ねると、

「抱《だ》いていて下さい。放さないように」

車掌さんはそう応《こた》えて許《ゆる》してくれました。バスは初めてのチロも、わかっていたのかおとなしくじっとしていました。

そしてチロは注射を少しも恐れませんでした。帰りはラッシュで混み合うので、チロと歩いて帰りました。

その冬のある日のこと、チロが保健所の「犬殺し」につかまるという事件が起きました。当時は野良犬《のらいぬ》や迷惑な放し飼いの犬を捕獲する職人のことを、「犬殺し」と呼んでいました。乱暴《らんぼう》に捕まえて針金の輪で首を縛《しば》り、檻《おり》に放り込んでいたからです。檻に入れられたチロは、さすがにこのときばかりは悲しい声で泣き、怯《おび》えていました。

「大変だ。チロが犬殺しに捕まったよっ！」

豊さんは一目散《いちもくさん》に家に走り、大声で叫びました。本当に危《あや》ういところでしたが、お父さんが何とかうまく職人にかけあい、チロは無事解放《かいほう》されたのでした。

そして五年生になった春のある日のことです。チロが息も絶え絶えにぐったり横になっていました。体は冷たくなっていきます。「大変だあ。チロが死にかけているよ！」

豊さんがお父さんに涙ながらに訴えると、お父さんはさっと火吹き竹という竹筒《たけづつ》を持ち出してきて、チロの口に二十分ほど自分の息を吹きこみました。するとチロは見

事に息を吹き返したのです。犬は人間と違って鳩胸《はとむね》なので、胸を押す人工呼吸ができないことをお父さんは知っていました。

六年生になった豊さんは、新聞を読むようになりました。チロの近くで広げたところ二、三十匹のノミがパチパチ音を立てて跳《は》ねています。ものすごい数のノミが豊さんの手足に取りついてきて血を吸いまくります。チロは床下に置いてあるコークス（石炭を高熱で処理《しょり》して作る穴のたくさんあいた燃料《ねんりょう》）に体をこすりつけ必死でノミを振り落としていました。チロに数千匹のノミがわいていたのです。寄ってたかってチロの血を吸っていたのでしょう。豊さんは、チロとコークス一帯にＤＤＴ（当時使われていた、ノミやシラミなど衛生害虫《えいせいがいちゅう》の駆除剤《くじょざい》＝殺虫剤《さっちゅうざい》）を大量にまいてノミをすぐさま退治しました。

こんなこともありました。

「犬がかみついた！　保健所に言うぞ」

ある日、男の人が家の前を自転車で通りかかり、因縁《いんねん》をつけてきたのです。

「そんなはずがない。お前が足でけったのだろう」

お父さんが言うと、

「はいそうです。ごめんなさい」

その男はすんなりあやまりました。脅《おど》してお金でもぶん取ろうと思ったのでしょうか。チロが誰でも彼でもかまないことをお父さんは知っていました。

また、チロをかわいがっていた近所のおじいさんが亡くなったその夜、チロは一晩中遠吠えをしました。

さらには、お父さんが経営している工場で、従業員の正美《まさみ》さんがノミ（鑿。穴をあ

ける、みぞをほる工具）を研《と》ぐためコークスを燃やしていたら、棚《たな》の上に置いてあるむしろに燃え移って火事になりかけたことがありました。

火煙《ひけむり》が上がっているのを目撃《もくげき》したチロが、ワンワンワンと吠《ほ》え猛《たけ》っています。

「工場が火事だよ！」

豊さんは、お父さんのところへ猛スピードで駆け込み大声で叫びました。

「まさか。うそだろう」

お父さんはニワトリをつぶすのに夢中で、なかなか取り合ってくれません。

しかし工場の屋根からは煙が上がっています。近所が騒がしくなってきました。人が集

まって来てバケツで水をかけています。豊さんがまわりに置いてあった粘土を火に向かって投げると、それを見ていた人たちも次々と投げ、間もなく西側の壁の火は消えました。消防車が駆《か》けつけた時にはすでに鎮火《ちんか》しており、幸いに工場の一部を焼いただけで済んだのでした。

それから、チロとの思い出で忘れられないのは何といってもタケノコ掘りです。自宅から三キロほど離れたイモッガタイ（芋が谷）という所にタケノコ山があり、チロはタケノコ掘りに行く豊さんの後をいつもうれしそうについてきました。タケノコ山をあちこち探検《たんけん》するのが楽しみだったようです。

たとえ季節外れでも、豊さんがヤマンガ（山鍬、直角のクワ）とオランダ袋（オランダ人が薩摩藩《さつまはん》に持ち込んだといわれる、大きなさらさらした袋）を持つと、待っていましたとばかりにキャンキャン吠えて、三百メートルほどダッシュします。

「なーんだ、山に行くんじゃないのか」

豊さんが来ないと、がっかりした様子でゆっくりと戻ってくるのでした。


小学五、六年生のころの豊さんは、ターザンのまねをして裸足《はだし》でタケノコ掘りに行っていました。イモッガタイにはマムシの巣がありました。コサンダケ（古参竹）を採《と》りに行くときは、特にマムシの多くいる所を通ります。

「チロー、帰るぞー」

豊さんが呼びかけても返事がありません。豊さんはモウソウダケ（孟宗竹）をオランダ袋に入れ、コサンダケをカズラで縛り帰路《きろ》につきました。

チロは二日経《た》っても姿を見せず、豊さんは心配でご飯ものどを通りませんでした。

悪い予感がし始めた三日目のことです。犬らしきものがヨロヨロしながら家に近づいてきました。力がなく、まっすぐ歩くことはできません。何とチロではありませんか。見ると首の皮膚《ひふ》が大きく腫《は》れていました。

「父ちゃん、チロが帰ってきたー！　でも、もう死ぬかも。まむしにかまれたみたいだ。何とか助けて！」

豊さんは祈るようにお父さんに救いを求めました。するとお父さんはカマを持ち出してきて、チロの傷口を切り、血とともにマムシの毒を絞《しぼ》り出しました。おかげでチロは腫れが減り、徐々に元気になっていきました。

家に帰り着いたら豊さんが何とかしてくれ

ると信じたチロは、毒がじわじわと回ってきていたにもかかわらず、ここで立ち止まったら死んでしまうと、まる二日間も必死で歩き続けたのでした。

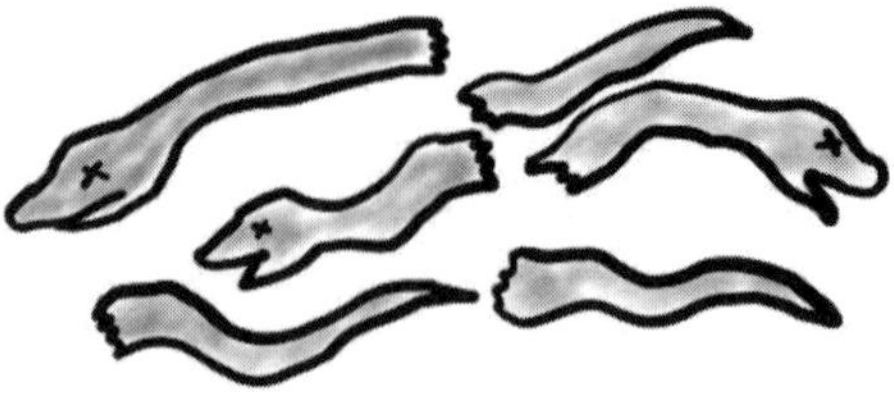

その後、コサンダケを採りに行く通り道に、真っ二つにかみ切られたマムシの死骸《しがい》が三個ころがっていました。裸足の豊さんがマムシにやられないようにチロがかみ殺したのでしょう。

いよいよチロの物語も終わりに近づいてきました。

近所のメスの柴犬《しばいぬ》に恋をし、子犬をこしらえたこともあったチロでしたが、寄《よ》る年波《としなみ》には勝てません。豊さんが高校を卒業した一九六八（昭和四十三）年、近所に強そうな秋田犬が引っ越してきました。そこでチロは自分の三倍もある秋田犬に勇敢《ゆうかん》にけんかを挑《いど》みましたが、あっけなく負けてしまいました。そしてある日突然、チロは姿を消しました。チロはもう十二歳になろうとしていました。

「老いたチロはおそらく死を悟《さと》ったのだろう。タケノコ山のどこかでやすらかに眠っているに違いない」

豊さんはこのように思うのでした。賢い犬は死んだ姿を見せないのだとか。

第二部　ジョニーのお話

ジョニーといた日々

姶良町《あいらちょう》（現姶良市）に住んでいたころ、お家の下の広い駐車場で兄弟三人で遊んでいると、お父さんと一緒に大きな男が下りてきました。どうやら外国人のようです。

ぼくたちが走ってかけ寄ると、大きな男もかけ寄ってきます。そして、ぼくたちが遊んでいたおもちゃの野球ボールをさっと拾い上げると、真上におもいっきり投げました。

ボールは空に消えたかと思うほど高くまであがると、今度はこれまでに見たことのないような猛《もう》スピードで落ちてきました。

大きな男は左手で軽くボールをキャッチすると、右手をぼくたちに差し出してきました。

「やあ、はじめまして。ぼくジョニーといいます。アメリカ人です。よろしく」

ややや聞きなれない日本語だけど、日本人がふつうに話すのとほとんど変わりません。

「ぼく飛雄馬《ひゅうま》、小学三年生」

「お兄ちゃんの龍馬《りょうま》、四年生」

「弟の春馬《はるま》、幼稚園」

順にぼくらはジョニーと握手をしました。ちょっぴり照れくさかったけど、手にじわっとぬくもりが広がりました。

「また投げて」「また投げて」

ぼくたちは空に消えてしまいそうな高いボールが見たくて、ジョニーに何度も何度もお願いしました。

西の空が赤くなっています。そろそろ帰らなきゃ。ああ、お腹もぺこぺこ。「よーい、どん」お家まで三人でかけっこをしました。

リビングキッチンにかけこむと、

「ジョニーさん今夜は泊まるの。夕食はみんなの大好きな焼肉よ。もう少しがまんして」

お母さんが言いました。

「わあい、やったあ」

ぼくたちはいっせいに歓声を上げました。

「広いお部屋でみんな一緒に寝ようよ」

春馬がはしゃいでいます。

焼肉でお腹いっぱいになると、ぼくたちはジョニーに次々と質問をしました。

「どこから来たの」

「甑島《こしきじま》。孝男《たかお》お父さんと出会ったんだよ」

「なぜアメリカから、はるばる遠い日本の甑島にやって来たの」

「大学で日本語を学び、日本に興味のわいたぼくは、日本に本社のあるアメリカの会

社で働いていたんだ。そのときに出会った日本の女性のお話がとても感動的でね」

「私のふるさと甑島は、日本の九州南西、鹿児島県《かごしまけん》の薩摩半島沖《さつまはんとうおき》に浮かぶ小さな島。透《す》けるような青い海、抜けるような青い空、夜は満天《まんてん》の星、夏には薄紅色《うすべにいろ》や白色のカノコユリが潮風《しおかぜ》にゆれて、それはもう美しい自然であふれているの。恐竜の化石も出るわ。毎年大みそかの夜には、鼻の長い恐ろしい顔をした祝福《しゅくふく》の神様トシドンが、小さい子どものいる家々を訪れて、『おりこうにしてるんだぞ』と励《はげ》ますのよ」

「わあ、何とすばらしい島だろう。目に浮かぶようだった。若いのに会社の経営をまかされて、へとへとなぼくの心も体も甑島ならきっといやしてくれるに違いない。それに日本のことをもっともっと知りたい。ぼくは甑島に行きたくて行きたくてたまらず、思い切って会社を辞めた。幸いにその女性のお父さんが甑島の村長さんをしていたので、さっそく空き家を探してくれた。ぼくの長靴もね。ぼくの足のサイズは三十センチ、漁師になるぼくのために東京のお店でやっと手に入れてくれたんだ。本当にありがたかったよ」

「甑島では毎日何をしているの」

「定置網《ていちあみ》で魚をとる仕事。畑づくりや田んぼのお手伝いもね。天気の悪い日は、瀬戸上《せとうえ》健二郎医師《けんじろういし》の診療所《しんりょうじょ》に入院しているおじいちゃんおばあちゃんを見舞い、昔話など聞かしてもらってるよ。『トシドンはすごく怖かったけど、わんぱくだったおれをほめてくれた。うれしかったね。それからおれはいたずらをやめたんじゃ』『島には高校がないから中学を卒業すると孫と港で別れるのがとてもつらくてねぇ』と笑ったり泣いたり。それから、島の漁師は漁をしながら唄《うた》を歌う。どんな意味か研究しているけど、島のことばは大変難《むずか》しいよ」

ちなみに瀬戸上健二郎先生は、後に漫画『Ｄｒ．コトー診療所』の主人公のモデルとなった人です。


「日本の白ご飯が一番だね。ごちそうさま」

ジョニーはシャワーを浴びに風呂場へ行きました。

「島では寝る前や外出する時に、家にカギをかけないんだ。これには驚いたよ」

風呂場から戻り長めの布団に横になると、ジョニーが言いました。

「お父さんの田舎も小さいころはそうだったらしい。紫尾山《しびさん》という高い山の麓《ふもと》で、神社からわき出る温泉もあるんだ。今度行こうよ」

おにいちゃんが誘いました。

「ありがとう。神社に温泉か、なかなかいいところのようだね。喜んで行くよ」

ジョニーは約束しました。

「ぼくの寝室の窓からは浜辺や入江《いりえ》が見わたせる。窓を閉めていても、どーん、どーんと打ち寄せる波の音が体の中まで響《ひび》いてくる。海に近すぎるから夜の波の音で眠れないと思うだろう。それが違うんだよ。波の音はぼくの最高の子守り歌なのさ」

ジョニーはまた島の話を続けました。

「スースー」春馬の寝息が聞こえます。まもなく、ぼくたちも深い眠りに落ちました。

秋が深まり紅葉のきれいなある日、ぼくたちは、ジョニーを約束どおり紫尾へ案内しました。お父さんが中学まで育った自然豊かな農山村です。今はおばあちゃんが一人で暮らしています。

串木野港《くしきのこう》で甑島からのジョニーを乗せて一時間あまり、ぼくたちはお昼前に紫尾に着きました。混じりっけのない空気が、とてもおいしい。

「先ほどまでおサルさんが一匹そこにぽつんと座っていたよ。おサルさんもジョニーさんに会いにきたんじゃろうか」

ぼくたちを出迎えながらおばあちゃんが門の方を指差し、のんびりとした口調《くちょう》で言いました。おばあちゃんはサルにも慣れっこになっているようです。

「イノシシやシカに、今度はサルまで」

お父さんの方はいささかびっくりした様子です。イノシシやシカが山から下りてきて農作物を食い荒らすため、農家の人は困っているのです。毎年田畑には、柵《さく》やわなが増え続けています。

おばあちゃんが作ったぼくらの大好物のたきこみご飯でお昼をすませると、ぼくたちは散歩に出ました。

まず家の下の川へ向かいました。川といっても、幅は狭く、浅くて石がごろごろ、澄《す》んではいますが流れは少なく、もはやこれでは小川です。お父さんの子どものころは、プールがなくてこの川で泳いでいたというのに。

ぼくたちは川のほとりにしゃがみこみました。少し遠くを見るような目をしてお父さんが、川や野山で遊んだ子どものころの思い出を語り始めました。

「この川で泳いだりもぐったり木の上から飛び込んだり、そしてメダカ、フナ、コイ、ウナギ、エビ、カニなどたくさん獲《と》ったよ。いろいろな方法でね。向こうの山では、鳥のわなをかけ、翌朝わくわくしながら見に行ったものだ。おやじと、つまり君たちのおじいちゃんとメジロを獲ったり、山芋を掘ったりもした。おじいちゃんが飼っていた自慢のメジロを大きなヘビが飲みこんだとき、おじいちゃんはいつまでも悲しそうな顔をしていたよ。忘れられないね。それから、椎《しい》の実、あけび、山桃、山ぶどう、ぐみ、野いちごなどもよく採って食べた。今のスナック菓子や甘いジュースよりは体に良かったかもね。いとこのヤス、幼なじみのキッちゃんやテル、いろんなやつがいてみんな仲良しだった。毎日が本当に楽しかったよ」

うさぎ追いしかの山　こぶな釣りしかの川

お父さんは、童謡《どうよう》の「ふるさと」をいつのまにか口ずさんでいます。お父さんは遠いあの日に帰りたいようです。ぼくたちもお父さんの小さいころにタイムスリップしたくなりました。

次はいよいよ神社と温泉です。川の反対側の小道を歩くことにしました。毎年五月にはホタルがあやしげに光りながら舞います。はだしになって川を渡りました。冬が

近いのに、足の上をなでるように流れる水の冷たさは、何ともここちよいものでした。

しばらく歩くと途中から、小道の草花やあたりの牛の堆肥《たいひ》の匂《にお》いがだんだん硫黄《いおう》の匂いに変わりました。少し遠くでは湯煙《ゆけむり》がゆらゆら立ちのぼっています。

温泉場のすぐ近くまで来ました。村の人たちがジョニーをじろじろ見ています。ここではまだまだ長身の外国人は珍しいのでしょう。

「こんにちは。ここ紫尾はすばらしいところですね」

ジョニーが上手な日本語で話しかけると、みんな目を丸くしています。

浴場の横にたたみ二枚ほどのタンクがあるのに気づきました。見ると俵《たわら》や網《あみ》に包まれたしぶ柿がおしくらまんじゅうをしています。不思議なことに夕方この温泉に浸《つ》けたしぶ柿は、翌朝にはあま柿に変身するのです。神社からわき出る神様の湯だから甘くなるのでしょうか。お父さんの小さいころは最高のおやつでした。今は集落の特産品として温泉客のおみやげにもなっています。

男湯をのぞくと、おじいちゃんたちが数人、タオルをお腹の上にのせてのんびり寝ています。病気で早く亡くなったぼくたちのおじいちゃんにも、こんなゆったりとした時間をあげたかったなあ。

温泉場の上が神社です。近道の階段をのぼると目の前に拝殿《はいでん》がありました。ぼくたちはまず五人並んで参拝しました。

奈良平安時代から、偉いお坊さんが修行したり、豊臣秀吉《とよとみひでよし》が九州征伐《きゅうしゅうせいばつ》のときに休憩したりしたとも伝えられる由緒《ゆいしょ》ある神社です。

境内《けいだい》から鳥居《とりい》の方へ歩きました。鳥居の手前は少し長い階段です。階段の中ごろでお父さんは立ち止まり境内の方を振り向くと、またなつかしそうに話を始めました。

「六月燈《ろくがつどう》と十五夜《じゅうごや》には相撲《ずもう》大会があったんだ。相撲の知識では負けなかったけど、相撲は負けが多かった。境内では、棒切れと白いゴムまりで野球ごっこ、めんこ、目玉、釘立て、陣取りと何でもやった。お腹がすいて神社のお供《そな》え物に手をつけて、怒られたこともあったな。遊んだ後は神様の湯で汚れと汗を流し、おかげで病気ひとつせず丈夫に育ったよ」

その日は、今は鉄砲とわなの名人になっているヤスおじさんが、イノシシとシカの肉を持ってきてくれました。「ジビエ」といって、これからは観光食としても有望なんだそうです。おばあちゃんとお母さんは、シカは刺身に、イノシシはぼたん鍋にしました。ジョニーは今夜も、ハフハフと白ご飯を味わいながらうまそうに食べました。

寝る前に、ヤスおじさんも誘って神の湯に入りに行きました。

「朝起きたら、ぼくも柿みたいに甘くなっているかも」

帰りに春馬が笑わせます。

とその時、山の向こうで「ヒューン」「ヒューン」とふた声、み声、動物の鳴く声がしました。

「シカの鳴き声だよ」

ヤスおじさんが教えてくれました。ぼくたちは、「シカって悲しそうな声で鳴くんだな」と思いました。

「今夜食べたシカの家族かもしれないよ」

おにいちゃんが言うと、一瞬みんなしゅんとなりました。

「もらった命は食べなきゃいかん。これは昔からの大事な言い伝えだ」

ヤスおじさんが言いました。

「シカは山で、人間は里で、それぞれ暮らすべきなんだ。少し難しいけれど、『共存《きょうぞん》』といって、これは地球環境《ちきゅうかんきょう》の問題でもあるんだよ」

ジョニーは悩ましい顔をしました。

家に帰り着き床に就《つ》くと、

「ぼくも今日は、子どものころのことを思い出していたんだ」

ジョニーは、物静かに語り始めました。

「ぼくにも一歳年上の兄がいたんだ。父の仕事の関係で小中学校時代は南ドイツの田舎《いなか》で暮らしていた。丘の上の家からブドウ畑の間を歩いて学校に通った。その途中で、夏はハリネズミを追い、冬は枯《か》れたブドウの木の上に座るワシに近づく。ふたりしか通らない近道と思っていたら、ウサギの足跡が雪の上に残ってい

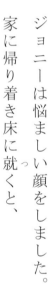

た。兄は友だちや生き物にはもちろん、カメラにも夢中で、白黒の写真を撮っては自分で現像《げんぞう》までしていたよ。家族でよくドイツ国内やヨーロッパの国々を旅行したなぁ。ベルリン、プラハ、ウィーンと回り、初めて夜行列車に乗ってローマに向かった。ローマに着いて四日目の晩、ぼくが寝ている間、兄の具合が急に悪くなったんだ。熱が上がり、体中に赤い点々が出てきた。夜が明けて、四十度の熱がさらに上がった。両親が救急車を呼んでも来ないので、タクシーを拾《ひろ》って病院に走った。クラクションを鳴らしながら白いハンカチを窓から振り回して。病院に着いてすぐ、兄は何か分かっていたように『愛しているよ』とひと言いって、息を引き取った。その後は、母が泣いて

いたことしか覚えていない。ローマに着いて二日目に、兄とふたりきりで大きな市場に出かけた。たぶんその市場で空気中のウイルスに感染したのだろうと、医者は後になって教えたよ」

となりでぼくは、一筋《ひとすじ》の涙がジョニーの頬《ほお》を伝い落ちるのを見ました。

その翌年ぼくたちは、鹿児島市に引っ越しました。

「甑島を出て今度は山里で暮らしたい」

新居《しんきょ》を訪ねてきたジョニーは言いました。

甑島へ行ったり来たりするにはお金がかかります。家が見つかるまで、ジョニーはぼくたちの家にしばらく居候《いそうろう》することになりました。

学校から帰ると、ぼくたちは近くの公園でジョニーとバスケットやサッカーをしました。

宿題を終えると、毎晩トランプの大富豪《だいふごう》です。土曜日には日付が変わることもしばしば。トランプをしながら聴《き》いていた音楽は、ジョニーが街《まち》の中古レコード屋で買ってきたビートルズでした。おにいちゃんとぼくはまもなくビートルズのとりこになりました。

遊びだけではありません。ジョニーには英会話も習いました。舌の使い方とかアメリカ本場の発音にはずいぶん苦労しました。ジョニーが「アブン」と言ったとき、ぼくたちはきょとんとしましたが、オーブンのことでした。

ひと月ほどたったある日、川辺町《かわなべちょう》（現南九州市）にジョニーの住む家が見つかりました。小高い丘の上にある牧場の管理棟《かんりとう》です。お兄さんと暮らした南ドイツの田舎が忘れられないのかもしれません。家賃はなんと、月百円とのことでした。

ジョニーがいなくなり、心にぽっかり穴が空いたようなぼくたちでしたが、ジョニーはその後も時々鹿児島市にやって来ました。コンポ付きの軽トラで、ビートルズを鳴らしながら。

「大隅半島の輝北町《きほくちょう》（現鹿屋市）に上場高原《うわばこうげん》ってあるんだけど、またたく星がこぼれ

そうなんだ。もう四回も星空日本一になったよ」

夕食を食べながらお父さんが言いました。

「これから行ってみようか」

ジョニーの決断は素早いものでした。

風が強く、かなり寒い夜です。おんぼろの布団と毛布を軽トラに積み込みました。おにいちゃんとぼくを乗せたジョニーの軽トラは、あえぐようにやっと高速道路を走りました。もちろんビートルズを鳴らしながら。

標高五五〇メートルの上場高原は真冬なみの寒さでした。布団なしでは凍《こご》え死んでしまいそうです。荷台の上に布団を敷き、毛布にくるまって星空を見上げました。無数の星がどれもみな鮮明にくっきりと輝いています。ふたご座流星群《りゅうせいぐん》が見えました。このまま星たちにつつまれて眠りたいと思いました。

春になり、ぼくたちは川辺町のジョニーの家を訪ねました。車を置いて草をはらいながら狭い小道を丘の上の家へと上ります。途中で野いちごをとって食べました。ジョニーが寄って来たメス牛の頭をやさしくなでると、どでかいオス牛がいきなり角を向けジョニーをおどしました。

「牛も人間といっしょさ。自分の好きな牛にぼくがやさしくすると、やきもちを焼くんだ」

ジョニーは教えました。

丘の頂上に着くとまぶしいほど美しい開聞岳《かいもんだけ》が見えます。火吹き竹を使って五右衛門風呂《ごえもんぶろ》を沸かしました。ぼくたちはおどおどしながら底板を踏んで下に沈め、おにいちゃんから順番に入りました。

楽しい夕食の時間です。いろり端《ばた》には、炭火で焼いた魚などの串や、ジョニー特製の野菜スープなどが並んでいます。

するとムカデが仲間に入れてと、ノロノロ寄って来ました。お父さんだったらハエたたきでバシッと一発で退治《たいじ》するところですが、ジョニーは殺すどころか、火ばしでつまむとバケツの中に入れました。意外で不思議な光景でした。

「ぼくを避けずに一緒に生活をしてくれる、このムカデやヘビたちに感謝しているよ」

この時ばかりはジョニーが神様や仏様に見えました。

終わりは、屋根に上り星空の観察会となりました。屋根裏にはジョニーの寝る部屋がありました。朝は軒《のき》のすき間から差し込む太陽の光で目覚めるらしいのです。

おにいちゃんもぼくも中学生になり、春馬はサッカーに夢中でお互い忙しくなりました。その後ジョニーとなかなか会えない日々が続きました。

そんなある日、エアメールが届きました。

「突然驚かせてすまない。ぼくは現在アメリカにいる。ぼくをかわいがってくれている祖父母になんだか急に会いたくなったんだ。だいぶ年老《としお》いてきたからね。そして人類学や民俗学《みんぞくがく》、環境学などを学びたくて大学に再入学したよ。日本で見聞きし学んだことを研究に生かしたいと思っている。自然がいっぱいで、人間と生き物とが仲良く暮らし、戦争のない平和な地球になればどんなにすばらしいことだろう。将来、君たちにもそんな地球の未来を築《きず》いてほしい。君たちと過ごしたあの楽しい日々は決して忘れない。ぜひアメリカにも遊びにおいで。待ってるよ」

ジョニーからだったのです。

あとがき

読者のみなさん、いかがでしたか。

世界は現在、コロナ禍、ロシアとウクライナの戦争、地球環境問題など、いろいろな難問《なんもん》を抱えています。この本を読み終わって、「現代の神秘《しんぴ》」「友愛《ゆうあい》」「平和」「共生《きょうせい》」「多様性《たようせい》」「環境」など読者それぞれに受け止めてもらえれば幸いです。と同時に、今後の生き方を考えるきっかけにもなれば、著者としてとてもうれしく思います。

ヒヨドリ次郎の絵（豊《ゆたか》さん作）

■著者紹介

宮島孝男（みやじま・たかお）
1954年、鹿児島県生まれ。郷土研究家・作家。九州大学文学部（社会学）卒業。南日本放送企画部長、鹿児島総合研究所地域政策部長、鹿児島県議会議員、志學館大学非常勤講師などの経歴を活かし、鹿児島を題材にノンフィクション、コラム、エッセーなどを執筆。著書に『どげんする？鹿児島　－鹿児島地域づくり戦略論－』（南方新社）『こげんする！鹿児島　－鹿児島地域づくり実践編－』（南方新社）『ウォッチ！県議会　県議って何だ！？』（南日本新聞開発センター）『海軍兵と戦争　－戦争と人間を語る－』（南方新社）『島尾敏雄と指宿そして宇宿』（アート印刷）がある。
萩原誠『新・地域と大学』（南方新社）で地方創生をテーマに対談。「生き残ったもの　最後の責任」で「第24回随筆春秋コンクール」奨励賞を、「西郷も大久保も喜んでいる」で「第14回『文芸思潮』エッセイ賞」社会批評佳作を受賞。

豊《ゆたか》さんとヒヨドリ次郎の物語

二〇二三年三月二十日　第一刷発行

著　者　宮島孝男
挿　画　桝満健作
発行者　向原祥隆
発行所　株式会社南方新社
〒八九二―〇八七三
鹿児島市下田町二九二―一
電話〇九九―二四八―五四五五
振替口座〇二〇七〇―三―二七九二九

印刷製本　シナノ書籍印刷株式会社
定価はカバーに印刷しています
乱丁・落丁はお取替えします
ISBN978-4-86124-491-9 C8093